비스듬히

사물이 있는 문학판 시선집

비스듬히

시인의 사물이 있는
정현종 시선집

초   판 1쇄 인쇄 2020년 4월 10일
초   판 1쇄 발행 2020년 4월 20일

지은이 정현종
펴낸이 정중모
편집인 민병일

펴낸곳 문학판

기획 · 편집 · Art Director ｜ Min, Byoung-il
            Art Director ｜ Lee, Myung-ok
편집책임—편집외주 최은숙

등록 1980년 5월 19일 (제406 – 2000 – 000204호)
주소 경기도 파주시 회동길 152
전화 031 – 955 – 0700 ｜ 팩스 031 – 955 – 0661～2
홈페이지 www.yolimwon.com ｜ 이메일 editor@yolimwon.com

ⓒ 정현종, 2020
ⓒ Fotografie 민병일, 2020
ⓒ 문학판 logotype 민병일, 2020
Printed in Seoul, Korea

ISBN 979-11-7040-015-8 04800
        978-89-7063-875-1 (세트)

문학판 은 열림원의 문학 · 인문 · 예술 책을 전문으로 출판하는 브랜드입니다.

문학판 의 심벌인 '책예술의 집'은 책의 내면과 외면이 아름다운 책들이 무진장 숨겨진 정신의 보물창고를 상징합니다.

이 도서의 국립중앙도서관 출판예정도서목록(CIP)은 서지정보유통지원시스템
홈페이지(http://seoji.nl.go.kr)와 국가자료공동목록시스템(http://www.nl.go.kr/kolisnet)에서
이용하실 수 있습니다. (CIP제어번호: CIP2020007882)

사물이
있 는
문학판
시선집

비스듬히

시인의 사물이 있는
정현종 시선집

문학판

사물에 바치는 노래

―울티마 툴레 가는 길―

Über dem Wandel und Gang,
weiter und freier,
währt noch dein Vorgesang,

세상이 변화무쌍하게 운행하여도,
그 모든 변화에 앞서는 그대의 노래는,
더 널리 더 자유롭게 울려 퍼지니,

- 라이너 마리아 릴케의 시 「오르페우스에게
바치는 소네트Sonette an Orpheus」 중에서

아주 오래전부터 『사물의 꿈』을 노래하는 시인이 있습니다.

사물에는 꿈의 숨결이 있고 번갯불처럼 스파크를 일으키는 정신Geist이 숨어 있음을 엿본 시인은, 별을 보고 '밤하늘에 반짝이는 내 피여'라고 노래했습니다. 그리곤 어느 날 우주의 불을 훔쳐 '태양에서 뛰어내렸습니다.' 시인은 불씨 품은 심장으로 해를 돌려 빛살무늬를 짓더니 세상 끝까지 뜨개실처럼 따뜻한 햇살을 퍼뜨렸습니다.

시인은 사물 속 광활한 야생지대에 살았습니다.

사물 속 야생지대는 '카이퍼 벨트Kuiper Belt, 태양계 끝자락에 수많은

천체가 도넛 모양으로 밀집해 있는 지역' 내 천체인 '울티마 툴레Ultima Thule'보다 넓고 깊었습니다. 직경 30㎞ 내외의 얼음 덩어리인 울티마 툴레는 '알려진 세계를 넘어서'라는 의미의 중세적 언어입니다. 옛날 옛적부터 시인의 안쪽에는 울티마 툴레가 있습니다. 천체이며 심연이고 우주이며 섬인 울티마 툴레. 그곳은 설명할 길 없는 무이며 뮤즈가 사는 빛 세계로 시인의 정신을 표상합니다. 그러나 시인들이 안쪽으로 길을 낸다고 모든 시인이 그곳에 이르지는 못합니다. 정신에 눈뜬 시인만이 정신의 수미산須彌山, 울티마 툴레에 이를 수 있습니다.

시인은 알려진 세계를 넘어서 미지를 동경하는 존재입니다.
어둠 속의 미Schönheit를 탐구하기 위해선 지옥으로 간 오르페우스가 되기를 주저하지 않고, 존재를 찾기 위해선 동굴 벽에 비친 그림자를 뚫고 나와 동굴 밖 광야에서 실체를 찾아가는 방랑자가 시인입니다.
골목길에서 "메밀−묵!" 소리 들리는 겨울밤, 사람들이 깊은 잠에 빠지면 '사물의 꿈'을 꾸는 시인은 울티마 툴레를 향해 날아오릅니다. 태양계 끝자락 명왕성에서도 16억km나 떨어져 있고 지구에서는 무려 65억km나 떨어져 있는 울티마 툴레. 그러나 가늠할 수 없는 이 거리도 시인에게는 한 점에 지나지 않습니다. 상상력은 공간과 시간, 거리를 무력화시키며 시인을 날아오르게 합니다. 어느 누구도 탐사한 적 없고, 알려진 것 하나 없는 이곳이야말로, 시인에게는 고귀한 정신을 만날 수 있는 보물섬이니까요. 시인은 울티마 툴레 얼음산에서 시의 정신을 수정처럼 투명하게 결빙시켜 돌아오는 것이지요.

아주 오래전부터 『떨어져도 튀는 공처럼』 사물을 노래하는 시인이 있습니다.

사물Ding은 고통의 언어로 지은 우주입니다. 유리 부는 사람은 불가마 앞에서 기다란 대롱에 공기를 불어 꽃병을 만들고, 시인은 정신이 피투성이된 채 사물의 꿈에 숨을 불어 시의 길을 냅니다.

사물은 물자체Ding an sich이며 이데아입니다.

현존하지만 공기와 빛과 꿈과 눈물로 제련된 정결한 무, 사물. 사물은 존재하지만 보이지 않는 무이며, 우리들 영혼의 심장을 끝없이 뛰게 하는 이데아입니다. 이데아가 존재와 무 사이에서 우리를 유혹하는 것처럼, 사물도 사람과 우주 사이에서 끊임없이 무언가Lieder ohne Worte를 부르며 신호를 보내고 있습니다.

'시인의 그림이 있는 시선집' 『섬』에 이어, '시인의 사물이 있는 시선집' 『비스듬히』를 세상에 내어놓습니다.

시인의 사물은 샤먼의 무구처럼 영매 역할을 하기에, 시인이, 우상을 깨고 정신의 새가 되어 비상하는 순간을 포착하게 해줍니다. 시간도둑이 훔쳐간 시인의 사물은 시간의 흔적만 남아 보잘것없을지 모릅니다. 시인의 숨결과 손때에 닳아 터지고 갈라진 주술서 같은 책들과 돌에 새겨진 미완의 꿈, 새벽녘까지 종이에 시의 빛을 뿌리느라 뭉툭해진 연필, 빛바랜 유화그림, 시인이 시간여행을 즐기는 아주 오래된 시계, 그리고 여전히 침묵의 소리를 내는 고릿적 만년필…… 하지만 그것들은 시적인 것으로, 시의 발화점이 된, 시의 신호탄 같은 것들입니다.

시인은 시를 쓸 때만 존재하는 이상한 존재방식의 순례자입니다.

구루guru가 수행을 통해 혼자 힘으로 영적 혜안을 얻은 정신적 초월자라면, 시인은 세계 안에서 초신성 폭발을 일으켜 정신의 별을 반짝이는 초현실주의자Surrealist입니다. 시인의 초현실주의는 현실을 초월하려는 게 아니고, 현실에서 숭배받는 것들을 파괴하여, 진정한 존재자로 현실 너머를 보려는 것입니다.

어쩌면 사물이야말로 초현실의 영기 머금고 있는 물질일지 모릅니다. 누가 알겠어요. 아사녀의 사무치는 그리움과 이루지 못한 꿈이 석탑에 그림자를 깃들지 않게 했듯, 시인의 동경 깊은 열정이 사물의 꿈에 닿으면 몽상은 시가 되고 시인은 현실 너머 반짝이는 별을 따서 지상의 사람들 마음에 은하수처럼 뿌려놓을지요.

누구든 빛바랜 사물 한 둘쯤 지니고 살아갑니다.

누구든 이루지 못한 꿈 한 둘쯤 안고 살아갑니다.

설령 그것들이 연민이나 궁상일지라도 반짇고리 속의 실패나 골무, 바늘쌈지, 헝겊조각처럼 삶의 모퉁이에 있는 한, 우리들은 사물을 보고 생을 반추하며 미완성의 꿈을 계속 꿀 것입니다. 오늘 같은 밤은 낡은 서랍 안에 굴러다니는 지우개를 꺼내 종이에 스윽스윽 문질러보세요. 혹시 요정이 춤을 추며 나타날지, 누가 알겠어요!

2020년 제비꽃 핀 봄
시인의 사물이 있는 시선집 『비스듬히』를 펴내며
문학판 대표
편집인 민병일

---

* 라이너 마리아 릴케의 시 「오르페우스에게 바치는 소네트Sonette an Orpheus」 부분: 번역 임홍배(서울대 독문과 교수, 문학평론가)

차례

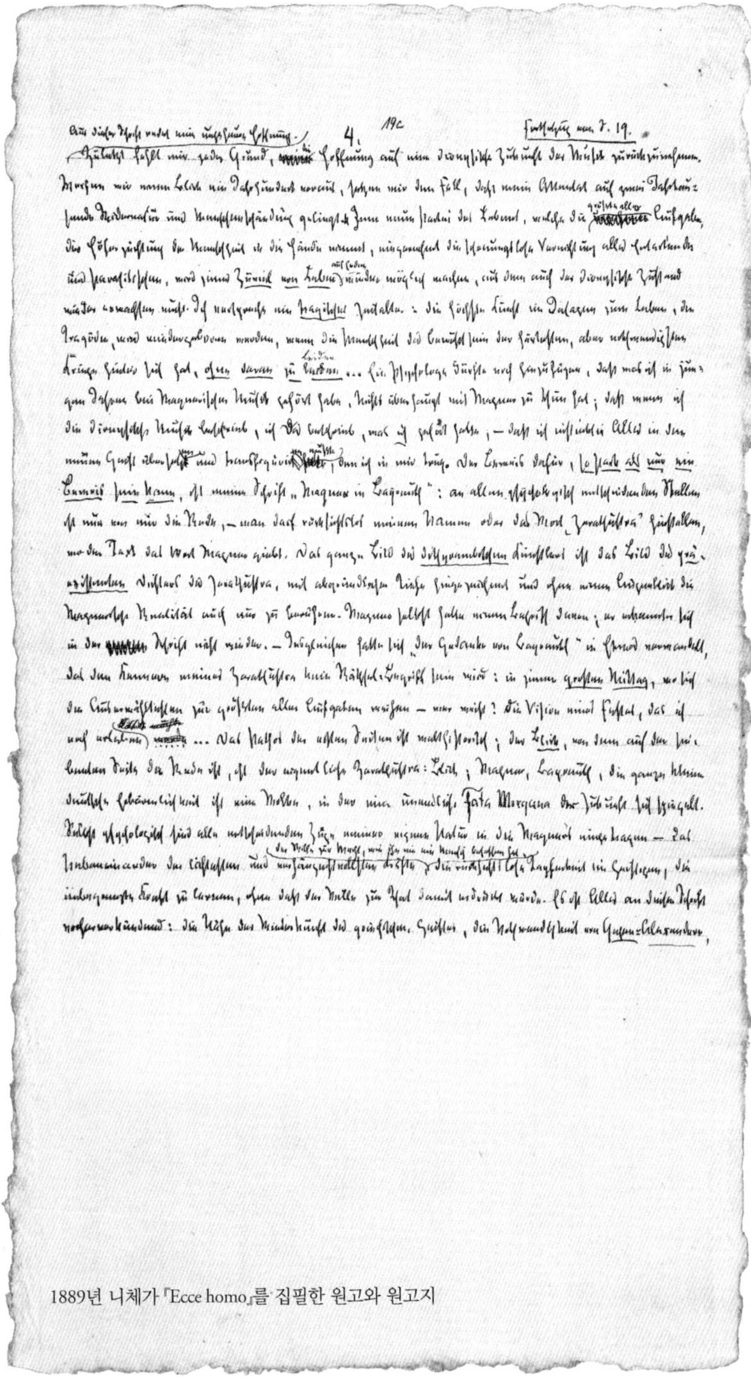

1889년 니체가 『Ecce homo』를 집필한 원고와 원고지

1889년 니체가 『Ecce homo』를 집필한 원고와 원고지

책 머리에

'문학 판'에서 두 번째 시인집을 낸다.
　이번에도 민병일 편집인의 간곡함과
열의의 힘으로 나오게 되었다.
　편집 방식이나 체제도 오로지
책을 잘 만들려고 하는 그의 생각대로 되었다.

　발문은 『정현종 길이 읽기』(문학과 지성사, 1999)에
수록되어 있는 글을 재수록하였다.
김화영 선생에게 감사한다.

2019년 세모에
정 현 종

책 머리에와 본문 중 시인이 연필로 쓴 시의 바탕 면지는 1889년 니체가 『Ecce homo』를 집필한 원고지를 사용했음

Nietzsche **HUMAN, ALL**

PAZ THE BOW AND THE LYRE

PAZ THE OT

c397 Alternating Current by Octavio Paz VIKING/COMPASS

César Vallejo/Selected Poems Q189 ISBN 0 14 042.189 0 Penguin

BP 330 Gaston Bachelard the Poetics of Space ISBN 643-4 BEACON PRESS

BP 375 THE POETICS OF REVERIE ISBN 113-0 JACONS RESS

Surrealist Love Poems Edited by Mary Ann Caws Chicago

FRIEDRICH NIETZSCHE **THE WILL TO POWER** Edited by Walter Kaufman VINTAGE V-437

오랜 세월, 시인의 숨결과 손때에 닳아 책 표지가 터지고 낡은 니체의 책들

9
My Roses

Yes, my joy wants to amuse—
Every joy wants to amuse—
Would you like to pick my roses?

You must stoop and stick your noses
Between thorns and rocky views,
And not be afraid of bruises.

For my joy—enjoys good teases.
For my joy—enjoys good ruses.
Would you like to pick my roses?

10
Scorn

There is much I drop and spill:
I am full of scorn, you think.
If your beaker is too full,
There is much you drop and spill
Without scorning what you drink.

11
The Proverb Speaks

Sharp and mild, rough and fine,
Strange and familiar, impure and clean,
A place where fool and sage convene:
All this I am and wish to mean,
Dove as well as snake and swine.

12
To a Light-Lover

If you don't want your eyes and mind to fade
Pursue the sun while walking in the shade.

독일어와 영어가 함께 실린 니체의 책.
시인은 니체로부터 받은 영감을 책 빈 자리에 연필로 적어두었다.

시인의 손때 묻은 『파블로 네루다 시선집』

철면피한 물질

끝없는 물질이 능청스럽게 드러내고 있는
물질이 치열하고 철면피하게 기억하고 있는
죽음.
내 귀에 밝게 와서 닿는
눈에 들어와서 어지럽게 흐르는
저 물질의 꼬불꼬불한 끝없는 미로들,
아무것도 그리워하지 않으려고 애쓰는
능청스런 치열한 철면피한 물질!

불쌍하도다

늙으를 시샀으면
그걸 그냥 땅에 묻어두거나
하늘에 묻어둘 일이거늘
부랴부랴 발톱라고 하고 있으니
불쌍하도다 나며
숨어도 가난한 옷자락 보이도다

불쌍하도다

詩를 썼으면
그걸 그냥 땅에 묻어두거나
하늘에 묻어둘 일이거늘
부랴부랴 발표라고 하고 있으니
불쌍하도다 나여
숨어도 가난한 옷자락 보이도다

초록 기쁨
— 봄숲에서

해는 출렁거리는 빛으로
내려오며
제 빛에 겨워 흘러넘친다
모든 초록, 모든 꽃들의
왕관이 되어
자기의 왕관인 초록과 꽃들에게
웃는다, 비유의 아버지답게
초록의 샘답게
하늘의 푸른 넓이를 다해 웃는다
하늘 전체가 그냥
기쁨이며 神殿이다

해여, 푸른 하늘이여,
그 빛에, 그 공기에
취해 찰랑대는 자기의 즙에 겨운,
공중에 뜬 물인
나뭇가지들의 초록 기쁨이여

흙은 그리고 깊은 데서
큰 향기로운 눈동자를 굴리며

넌지시 주고받으며
싱글거린다

오 이 향기
싱글거리는 흙의 향기
내 코에 댄 깔때기와도 같은
하늘의, 향기
나무들의 향기!

달도 돌리고 해도 돌리시는 사랑이

한 처녀가 자기의 눈 속에서
나를 내다본다

나는 남자와
풍경 사이에서 깜박거린다

남자일 때 나는
말발굽 소리를 내고

풍경일 때 나는
다만 한 그루 나무와 같다

달도 돌리고 해도 돌리시는 사랑이
우리 눈동자도 돌리시느니

한 남자가 자기의 눈 속에서
처녀를 내다본다

느낌표

나무 밑에다 느낌표 하나 심어놓고
꽃 옆에다 느낌표 하나 피워놓고
새소리 가운데 느낌표 구르게 하고
여라 옆에. 느낌표 하나 벗겨놓고

슬픔 옆에는 느낌표 하나 울리놓고
기쁨 옆에는 느낌표 하나 웃기놓고
나는 거꾸로 된 느낌표 끌로
휘적휘적 또 걸어가야지

느낌표

나무 옆에다 느낌표 하나 심어놓고
꽃 옆에다 느낌표 하나 피워놓고
새소리 갈피에 느낌표 구르게 하고
여자 옆에 느낌표 하나 빗겨놓고

슬픔 옆에는 느낌표 하나 울려놓고
기쁨 옆에는 느낌표 하나 웃겨놓고
나는 거꾸로 된 느낌표 꼴로
휘적휘적 또 걸어가야지

鄭玄宗詩集

事物의 꿈

정현종 시인의 첫 시집 『사물의 꿈』(민음사, 1972)

완전한 하루

큰 짐을의 검은 입으로부터 한 아이가 퍼어나온다
간격, 한 빛의 보임이다.
(잠동과 빛에 물들어 있는 내마음. 따라서 지금
바깥의 사물은 행복하다)
가방을 든 여자가 걸어간다
눈물의 씨앗인 사랑한 물음이 걸어간다

점정 煤煙이 발목을 걸고 코를 폐는 거리
자기의 國籍을 찾아헤매는 거리
막막한 물, 막막한 공기 마시는 거리
슬픔이 없는 슬픔의 거리

91

4
나는 피에 젖어 쓰러져 있는
한 무더기의 고요를 본다
고요는 한때 빛이었고 고요 자신이었고
침묵의 사랑하는 전우였었다

나는 피에 젖어 쓰러져 있는
한 떼의 침묵을 본다
말은 침묵의 꼬리를
침묵은 말의 꼬리를 물고 서로
기회를 노리고 있다
죽도록 원수처럼 노리고 있다.

(1970년 겨울 世代)

시인의 첫 시집『사물의 꿈』편친 면

기리는 노래, 필멸에서 불멸로
가루?, 삶의 신생
  — 최불로 네루다의 송시들

              기리는 게 전부다!
                — 라이너 마리아 릴케

          3장 ? ?

  기리는 일이 예부터 시인이 해온 일 중 하나였다는 건
우리가 다 알고 있다. 시 쓰기의 중요한 덕목이 ~~~에 따응하
사물에 가치를 부여하고 미화(美化)하는 것이라고 한다면
기림 ~~ 이야말로 시의 본래적인 임무라고 해도 좋을 터이다.

  네루다는 나이 들면서 쓴 송시(頌詩)를 세 권이나 냈다.
그의 송시들은 행이 짧고 연의 긴 특징을 가지고 있는데, 그는
언젠가 "개벽하건대 담소하듯으로 ~~~ (시를) 쓴 ~~~이 가장
힘든 일이었다"고 말한 바 있다. 또 다른 인터뷰에서는
이 사물을 기리는 노래에 들러 "내가 하려고 한 것은 어조를
바꾸고, 모든 가능한 소리들을 찾아내고, 모든 빛깔을 좋아서,
그게 부엇이든 생명력을 찾고라 하였다" 그리고 이어서
"내 시는 항상한 존재와 사물을 향해 가지를 뻗을 때에
신기하고 행복해진다" 그 ~~~
                             했다.

시인 월트 휘트먼의 사진과 로댕의 조각 작품 엽서, 붓
그리고 시인이 연필로 쓴 시 초고 원고가 가지런히 있는 책상 한쪽 풍경

商品은 物神이며 아편

1
商品은 物神이며 아편
백화점은 유토피아로 가는 배.
상품은 반짝이고 생글거리며 달콤하고 아늑하다
여기는 충족과 열락뿐
신경은 안정되고 정신은 아득하다.

(허전한가, 상품을 안아라
불안한가, 상품을 섬기라
고독한가, 오 상점들의 위안)

2
이건 카운테스 마라 聖堂
이건 금은보석 교회
이건 前輪구동 寺刹

나 가죽부대의 두 팔이 올라가느니
옷이 날개 만세!
金銀救援 만세!
굴러가는 절 만세!

○

거기서 와서 거기로 가는

○은 처음이며 끝

○은 인생의 초상

○은 다 있고 하나도 없는 모습

꽉 차고 텅 빈 모습

○은 무엇일까

○은 가볍다

空氣의 숨결

굴리며 놀고

뒤집어쓰면 후광

○은 크고 밝다

○은 생명의 거울

○은 사랑

○ㄴ, 모든 곡식의 살

모든 열매의 살

이슬과 눈물의 精靈

천체의 정령

금반지 은반지의 정령

풀잎과 나무의 정령

물과 피의 정령

방울들

온갖 소리들
모든 구멍의 정령
죽음의 정령
O의 정령

자기기만

자기기만은 얼마나 아름다운가
자기기만은 얼마나 착한가
자기기만은 얼마나 참된가
자기기만은 . 얼마나 영원한가
참으로 아름답고
        착하고
        참되고
        영원한
자기기만이여
불가피한 인생이여 .

자기기만

자기기만은 얼마나 아름다운가
자기기만은 얼마나 착한가
자기기만은 얼마나 참된가
자기기만은 얼마나 영원한가
참으로 아름답고
            착하고
            영원한
자기기만이여
불가피한 인생이여.

태양에서 뛰어내렸습니다

싹이 나오고
꽃이 피었어요
나는 부풀고 부풀다가 그냥
태양에서 뛰어내렸습니다
뛰어 내렸어요
태양에서
(생명의 기쁨이요?)
닻에 바람을 넣어 띄우고
땅에도 바람을 넣어 그
턴턱 뒤에서 벙글거렸지요

이제 할 일은 하나
아주 꽃 속으로 뛰어드는 일,
그애
거기 들에 있는 태양들을
내던지겠습니다
향기롭게, 붉게, 푸르게

태양에서 뛰어내렸습니다

싹이 나오고
꽃이 피었어요
나는 부풀고 부풀다가 그냥
태양에서 뛰어내렸습니다
뛰어내렸어요
태양에서
(생명의 기쁨이요?)
달에 바람을 넣어 띄우고
땅에도 바람을 넣어 그
탄력 위에서 벙글거렸지요

인제 할 일은 하나
아주 꽃 속으로 뛰어드는 일,
그야
거기 들어 있는 태양들을
내던지겠습니다
향기롭게, 붉게, 푸르게

천둥을 기리는 노래

여름날의 저
천지 밑빠지게 우르릉대는 천둥이 없었다면
어떻게 사람이 그 마음과 몸을
씻었겠느냐,
씻어
참 서늘하게는 씻어
문득 가볍기는 허공과 같고
움직임은 바람과 같아
왼통 새벽빛으로 물들었겠느냐

천둥이여
네 소리의 탯줄은
우리를 모두 新生兒로 싱글거리게 한다
땅 위에 어떤 것도 일찍이
네 소리의 맑은 피와
네 소리의 드높은 음식을
우리한테 준 적이 없다
무슨 이념, 무슨 책도
무슨 승리, 무슨 도취
무슨 미주알고주알도
우주의 내장을 훑어내리는 네

소리의 근육이 점지하는
세상의 탄생을 막을 수 없고
네가 다니는 길의 눈부신
길 없음을 시비하지 못한다.

천둥이여, 가령
내 머리와 갈비뼈 속에서 우르릉거리다
말다 하는 내 천둥은
시작과 끝에 두려움이 없는 너와 같이
천하를 두루 흐르지 못하지만, 그래도
이 무덤 파는 되풀이를 끊고
이 냄새 나는 조직을 벗고
엉거주춤과 뜨뜻미지근
마음 없는 움직임에 일격을 가해
가령 어저께 나한테 "선생님
요새 어떻게 지내세요"라고
떠도는 꽃씨 비탈에 터잡을까
망설이는 목소리로 딴죽을 건
그 여학생 아이의
파르스름 果粉 서린 포도알 같은 눈동자의
참 그런 열십이 마름하는 치수로 출렁거리고도 싶거니

하여간 항상 위험한 진실이여
죽음과 겨루는 그 나체여, 그러니만큼

몸살 속에서 그러나 시와 더불어
내 연금술은 화끈거리리니
불순한 비빔밥 내 노래와 인생의
主調로 흘러다오 천둥이여
가난한 번뇌 입이 찢어지게
우르릉거리는 열반이여

네 소리는 이미 그 속에
메아리도 돌아다니고 있느니
이 新生兒를 보아라 천둥벌거숭이
네 소리의 맑은 피와
네 소리의 드높은 음식을 먹으며
네가 다니는 길의 눈부신
길 없음에 놀아난다, 우르릉……

자(尺)

새는 날아다니는 자요
나무는 서 있는 자이며
물고기는 헤엄치는 자이다
세상 만물 중에 실로
자 아닌 게 어디 있으랴
벌레는 기어다니는 자요
짐승들은 털난 자이며
물은 흐르는 자이다
스스로 자인 줄 모르니
참 좋은 자요
스스론 잴 줄을 모르니
더없는 자이다
人工은 자가 될 수 없다
(모두들 人工을 자로 쓰며
깜냥에 잰다는 것이다)
자연만이 자이다
사람이여, 그대가 만일 자연이거든
사람의 일들을 재라

길의 神秘

바라보면 야산 산허리를 돌아
골을 넘어 어디론가(!)
사라지는 길이여, 나의 한숨이여
빨아들인다 니희는, 나를,
한없이,
야산 허리를 돌아
골을
넘어
어디론가
사라지는
길들, 바라보며
나는 한없이 자극되어
몸이 뜨거워지고
가슴이 싸아―하고
창자가 근질근질―
그러한 길이여, 오
누설된 신비,
수많은 궁금한
세계들과 이어진 탯줄,
넘어가면 거기
새로 태어나는(!) 마을,

열리는 공간,

숨은 숨결,

씻은 듯한 얼굴.

산허리를 돌아 처녀

사타구니 같은 골로 넘어가며

항상 발정해 있는 길이여

나의 성욕이여,

넘어가 사라지면서(!)

마침내 보이는 우리들

그리움의 샘,

열망의 뿌리,

모험의 보물섬—

멀리멀리 가는 나의 한숨

길이여

누설된 신비여.

시인의 책과 책 사이에 놓인 이집트의 조각

시인이 시간 여행을 즐기는 아주 오래된 시계

갈대꽃

산 아래 시골길을 걸었지
논물을 대는 개울을 따라.
이 가을빛을 견디느라고
한숨이 나와도 하늘은 팽팽한데
저기 갈대꽃이 너무 환해서
끌려가 들여다본다, 헉!
아 섬뜩하구나, 만일 그 물건이
세상에서 제일 환하고 투명하고
마음들이 잘 비추는 것이라면‥‥‥

그 갈대꽃이 마악 어디론지
떠나고 있었다
숫돌 모양을 하고,
허공으로 흘려져 어디론지
비인간적으로 반짝이거나,
너무 환해서 투명해서 쓸쓸할 겨를도 없이
그냥 가을의 속알인 갈대꽃들의
마른 빛불 지상에 남겨두고.

갈 대 꽃

산 아래 시골길을 걸었지
논물을 대는 개울을 따라,
이 가을빛을 견디느라고
한숨이 나와도 허파는 팽팽한데
저기 갈대꽃이 너무 환해서
끌려가 들여다본다, 하!
광섬유로구나, 만일 그 물건이
세상에서 제일 환하고 투명하고
마음들이 잘 비취는 것이라면……

그 갈대꽃이 마악 어디론지
떠나고 있었다
氣球 모양을 하고,
허공으로 흩어져 어디론지
비인간적으로 반짝이며,
너무 환해서 투명해서 쓸쓸할 것도 없이
그냥 가을의 속알인 갈대꽃들의
미친 빛을 지상에 남겨두고.

황금 醉氣 1

― 김현과 어울린 술자리

나는 취하고 자네 또한 즐겁거니
陶然히 둘이 함께 세속 생각 잊었다
―李白, 「終南山을 내려오다가 解斯山人
집에 자면서 술을 마시다」에서

술이여 그대는 최고의 연금술사
납덩이 인생을 황금으로 바꾸누나
―오마르 카이얌, 『루바이아트』에서

그 수줍은 肉德과 酒德은 대충
和唱하는 것이었지만,
마시면 그저 좋을 뿐이니
좋은 일을 어찌 마다했으랴.
인생살이 안팎이 실은
단근질이니
불에는 불로! 라는 듯
물불 타올랐거니―

맥주 거품은 늘 왕관 모양!
구름 모양! 부풀어올랐고

그야 우리는 왕관부터 구름부터 마셨으며
취기는 거기 달린 장식
구슬 영락처럼 찰랑댔다.

사람 사귀기 문학 얘기 그리하여
편하고 훈훈하게 피어오르고
그 술 연금술 또 말과 사람을 황금으로 만들어
우리는 바야흐로 금에 홀린 黃金狂,
가끔은 서로 황금 불알도 만졌느니.

지는 것이 이기는 거라
술이 우리를 이기고
작부가 우리를 이기며
시간이 우리를 이기는 동안
우리는 실로 내장을 다해 웃었느니,
집도 절도 없는 그 웃음들은
이제 무슨 집 무슨 절로 서 있는지—

환합니다

환합니다.
감나무에 감이.
빨알간 불꽃이,
수도 없이 불을 켜
천지가 환합니다.
이 햇빛 저 햇빛
다 합해도
저렇게 환하겠습니까.
서리가 내리고 겨울이 와도
따지 않고 놔둡니다.
풍부합니다.
천지가 배부릅니다.
까지도 까마귀도 배부릅니다.
내 마음도 저기
감나무로 달려가
환하게 환하게 열립니다.

환합니다

환합니다.
감나무에 감이,
바알간 불꽃이,
수도 없이 불을 켜
천지가 환합니다.
이 햇빛 저 햇빛
다 합해도
저렇게 환하겠습니까.
서리가 내리고 겨울이 와도
따지 않고 놔둡니다.
풍부합니다.
천지가 배부릅니다.
까치도 까마귀도 배부릅니다.
내 마음도 저기
감나무로 달려가
환하게 환하게 열립니다.

청천벽력

여름날 오후 만삭으로 보이는 배부른 여자가, 입을 헤 벌리고, 다리 달린 카메라를 들고 있는 남편의 손을 잡고, 걸어온다, 하,

청천벽력이다.

(그 그림이 어째서

그 순간 어째서

청천벽력이었는지―하여간)

그렇게 걸어온다, 그리고 카메라는 그 광경을 무한 복사한다 찰칵 찰칵 찰칵 찰칵 찰칵 찰칵……

여름날 오후

오로지 혁명적인 공간 나무 그늘을 지나

되풀이를 벗어나는 시늉으로 햇차를 사러

죽은 길 아스팔트 길을 걸어가는데, 하,

그런 청천벽력―

(再生)

만삭으로 보이는 배부른 여자가, 입을 헤 벌리고, 다리 달린 카메라를 들고 있는 남편의 손을 잡고, 걸어온다,

꽉 찬 권태―

지루함이 지루함을 완성하고

複寫가 複寫을 완성하고

복사가 복사를 완성하고

복사가 지루함을 완성하고
지루함이 복사를 완성하고
포만에 겨워 포만에 겨워
터진다— 청천벽력!

시인이 보던 음악과 예술 책들

시인의 공부방 한편을 차지한 퇴계의 『성학십도』와 『미당 시집』, 『노자』와 『금강경』

New and
Collected
POEMS
(1931–2001)

CZESLAW
MILOSZ

Éluard

Capital of Pain

Francis Ponge

THINGS

MUSHINSHA
GROSSMAN

MUSHINSHA
GROSSMAN

Poems of Paul Celan

Translated by Michael Hamburger

Persea

OCTAVIO PAZ / A TREE WITHIN

Renga   A Chain of Poems

OCTAVIO PAZ   Early Poems 19

OCTAVIO PAZ

EAGLE OR S

Saint-John Perse / Selected P

ISBN 0 14 042386 4

NDP

POEMS OF AKHMATOVA   Kunitz and Hayward

린케, 로르카 등의 시집이 있는 시인의 공부방

구름

지리산 근처의
구름 보셨어요?
(그 아래 질주하는
자동차도 보셨지요?
경주가 안 되지 않아요?)
하니까 그 아래서 나는
시골버스를 기다리면서
큰산들에 둘러싸며 행복하며
버스는 오든지 말든지
그냥 거기 공기를 섞며 어슬렁거리거나,
때로 해 진 새재 골짜기에서
구워먹은 구름 생각도 했습니다.
그때 골짜기에서
돌 위에 고기를 구우면서
내가 항자를 태해 구워먹은 건 실은
피가 되고 살이 되는
구름이었습니다.

구 름

지리산 근처의

구름 보셨어요?

(그 아래 질주하는

자동차도 보셨지요?

경주가 안 되지 않아요?)

하여간 그 아래서 나는

시골버스를 기다리면서

큰산들에 둘러싸여 행복하여

버스는 오든지 말든지

그냥 거기 공기로 섞여 어정거리며,

여러 해 전 새재 골짜기에서

구워먹은 구름 생각도 했습니다.

그때 골짜기에서

돌 위에 고기를 구우면서

내가 창자를 다해 구워먹은 건 실은

피가 되고 살이 되는

구름이었습니다.

나무 껍질을 기리는 노래

서 있는 나무의
나무 껍질들아
너희를 보면 나는
만져보고 싶어
손바닥으로 너희를
만지곤 한다.
그것만으로도 나는
너희와 체온이 통하고
숨이 통해
내 몸에도 문득
수액이 오른다.
견디고 견딘
너희 껍질들이 감싸고 있는 건
무엇인가.
나이와 세월,
(무엇이 돌을 던져 나이는
波狀으로 번지는지)
살과 피,
바람과 햇빛,
숨결,
새들의 꿈,

짐승의 隱身과 욕망,

곤충들—

더듬이와 눈, 그리고

외로움,

시냇물 소리,

꽃들의 비밀,

그 따뜻함,

깊은 밤 또한

너희 껍질에 싸여 있다.

천둥도 별빛도

돌도 불꽃도.

스며라 그림자

어느 여름날 밤 지리산 추성계곡 한 민박집 마당에 켜
놓은 밝은 전등에 환히 드러난, 산길 내느라고 자른 산 흙
벽에 비친 내 거대한 그림자에 나는 놀란 적이 있다.

그도 그럴 것이, 순간 그 그림자는 이미 흙벽에 각인된
化石이었으며, 그리하여, 法悅이었는지 좀 어지러우면서,
나는 화석이 된 내 그림자의 깊음 속으로 빠져들어갔다.
그러면서

속으로 가만히 부르짖었다―스며라 그림자!

(전등에는 갖은 부나비떼와 곤충떼가 난무하고 있었다)

(깊은 산 한밤중 전등 불빛에 환한 잘린 산 흙벽에 비친,
확대되어 거대한, 그림자의 압도는 한번 겪어볼 일이다)

(향기로운 無, 기타)

꿈이었는지…… 化石 그림자……

밤하늘에 반짝이는 내 피여

은하수 너머 머나멀리, 여기서 천이백만 광년 떨어진 데서 *超新星*이 지금 폭발 중인데, 폭발하면서 모든 별들과 *銀河群*의 에너지 방출량의 반에 해당하는 에너지를 방출하고 있다.

지구 은하계 너머, 나선형 M-81 은하계에서 발견된 특히 빛나는 이 초신성 *1993J*의 크기는 지구가 속해 있는 태양계 만한데, 폭발하는 별은 죽어가면서도 삶을 계속하고 있다. 그건 다른 별들을 만드는 물질을 분출할 뿐만 아니라 생명 바로 그것의 구성 요소들을 방출하기 때문이다.

우리 뼛속의 칼슘과 핏속의 철분은, 태양이 생겨나기 전에, 우리 은하계에서 폭발한 이 별들 속에 들어 있었던 것이다.

— 로스앤젤레스 타임스, 1993년 7월 18일자 기사

너 반짝이냐
나도 반짝인다, 우리
칼슘과 철분의 형제여.

멀다는 건 착각
떨어져 있다는 건 착각
이 한 몸이 三世며 우주
죽어도 죽지 않는 통일 靈物—

일찍이 별 하나 나 하나
별 둘 나 둘 아니냐
그렇다면!
그 전설이 사실 아니냐
우리가 전설 아니냐
칼슘의 전설
철분의 전설—

밤하늘에 반짝이는 내 뼈여
밤하늘에 반짝이는 내 피여.

그 꽃다발

마추픽추 山頂 갔다 오는 길에
무슨 일인지 기차가 산중에서
한참 서 있었습니다.
나는 내렸습니다.
너덧 살 되었는지
(저렇게 작은 사람이 있다니!)
잉카의 소녀 하나가
저녁 어스름 속에
꽃다발을 들고 서 있었습니다.
항상 씨앗의 숨소리가 들리는
어스름 속에,
저 견딜 수 없는 박명 속에,
꽃다발을 들고, 붙박인 듯이.
나는 가까이 가서
(어스름의 장막 속에서 그 아이의
오 보일 듯 말 듯한 미소를 보았습니다.
이럴 때 눈은 우주입니다.
그 미소의 보석으로 지구는 빛나고
그 미소의 天眞 속에 시냇물 흘러갑니다.
그 미소 멀리멀리 퍼져나갑니다.
어스름의 光度 속에 퍼져나갑니다.)

얼마냐고 물었습니다.

나는 2솔*을 주고 꽃다발을 받아들었습니다.

허공의 심장이 팽창하고 있었습니다.

* 솔: 페루의 화폐 단위

고대 이집트 문자가 새겨진 돌

가짜 아니면 죽음을!

가로수야 그렇지 않으냐
도시 생활이라는 거 말이지
문명의 難民 아니냐,
아스팔트의 지옥
맹복과 瞑目의 역청*에
허덕이는 오토 피플
우리는 난민이다.

오 이 지긋지긋한 자동차들,
바퀴벌레들아 그렇지 않으냐,
도시 표면을 다 덮어버린
저 달리고 기고 서 있고 찢어지는 구역질
저 자본의 토사물 속에서 허덕이는
삶이라는 이름의 재난!
그렇지 않으냐 하필이면 도시에 사는 비둘기들아
유독 가스 속을 아장거리며
던져주는 먹이에 정신없는 우리의 동료들아
유황의 火力과 馬力과 金力의 불길
그 날름대는 혀의 불타는 마비의 추력으로
우리는 오늘도 생산하고 소비하고 지지고 볶고
자동적으로 이판이고 나 몰라라 사판이며

진짜에서 멀리 진짜에서 멀리

정치 경제 사회 문화의 모든 힘으로

이런 절규를 힘껏 숨긴다, "가짜 아니면 죽음을!"

아무도 말해주지 않는 인생

꿈에 무슨 공연을 보다.
(젊은 출연자들, 오르막길을,
고개를 높이 쳐들고
천천히
아주 천천히
걸어오르며
한 사람이 지극히 절제된 부르짖음으로 말한다)
아무도 인생에 대해 말해주지 않아
우리는 이걸 하기로 했어요!

(나는 슬퍼서……)

고개를 높이 쳐들고
두 팔도 앞으로 높이 쳐들고
걸어 오르는 길 저 앞에
목련인 듯 흰 꽃으로 덮인 나무 위에
꽃 속에 사람이 하나 꽃송이와 같이
엉겨붙어 있었는데.

아까 그 사람 그 위의 구름을 가리키며
또 조용히 부르짖었다

저 구름 위에 쉬어 가세요
저 구름 위에

홀연 구름은 목련이고 목련은
구름이며 사람은
구름이고 뿌리 깊은
구름이고 구름은
목련이며……

(나는 슬퍼서
눈물 자꾸 나와서……)

비스듬히

생각은 그래요.
어디 기대지 않으면 살아갈 수 있나요?
공기에 기대고 서 있는 나무들 좀 보세요.

우리는 기대는 데가 많은데
기대는 게 맑기도 하고 흐리기도 하니
우리 또한 맑기도 하고 흐리기도 하지요.

비스듬히 다른 비스듬히를 받치고 있는 이여.

비스듬히

생명은 그래요.
어디 기대지 않으면 살아갈 수 있나요?
공기에 기대고 서 있는 나무들 좀 보세요.

우리는 기대는 데가 많은데
기대는 게 맑기도 하고 흐리기도 하니
우리 또한 맑기도 하고 흐리기도 하지요.

비스듬히 다른 비스듬히를 받치고 있는 이여.

이런 투명 속에서는
― 맑은 날에

날이 하도 맑아서

병원 쪽에 하기로 한 전화를

그만둔다.

이런 맑음 속에서는

몸도 이미 투명하여

병도 없고

죽음도 없다.

이렇게 투명으로 불타는

몸에는

병도 죽음도

깃들 데가 없다.

(병 걸릴 몸도 없고

죽을 몸도 없다)

이런 투명 속에서는

일체가 투명하여,

아무것도 보이지 않아,

몸도 마음도

보이지 않아,

(그야말로)

나지도 않고

죽지도 않아,

성스러워,

전무(全無) 하여!

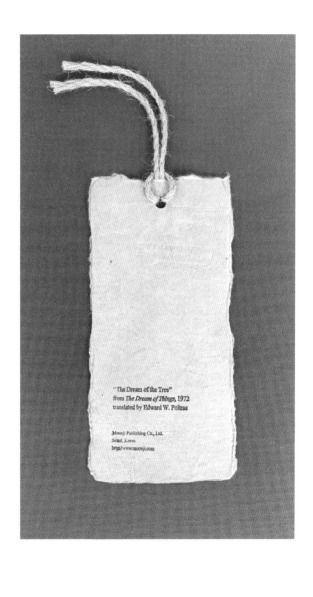

"The Dream of the Tree"
from *The Dream of Things*, 1972
translated by Edward W. Poitras

Moonji Publishing Co., Ltd.
Seoul, Korea
http://www.moonji.com

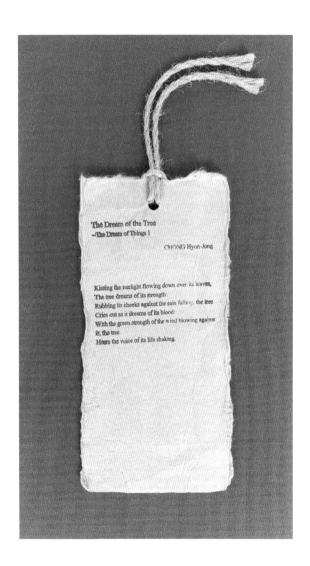

The Dream of the Tree
—The Dream of Things 1

CHONG Hyon-Jong

Kissing the sunlight flowing down over its leaves,
The tree dreams of its strength:
Rubbing its cheeks against the rain falling, the tree
Cries out as it dreams of its blood:
With the green strength of the wind blowing against
it, the tree
Hears the voice of its life shaking.

나무의 꿈—「사물의 꿈 1」 영역을 책갈피로 만든 것

보석의 꿈 2
―왕쇠똥구리 펜던트

합금 테두리 속에

장석(長石)과 청금석(靑金石) 몸,

역시 장석, 청금석과 홍옥수(紅玉髓) 날개,

스카라베라고도 하는 이 왕쇠똥구리는

쇠똥 속에 알을 낳는데

그건 필경 시드펄seed-pearl―작은 진주알,

진주알이 들어 있는 그 쇠똥을

굴리고 굴려 왕쇠똥구리는

태양의 길을 놓는다―

굴리고 굴려

아침이 오고 저녁이 저무느니,

하늘을 건너가는 태양의 길과

진주―알 들어 있는 쇠똥을 굴리는

왕쇠똥구리의 길은

똑같이 찬란해,

태양―쇠똥―진주―왕쇠똥구리의

불멸의 목걸이를

우리의 지구는 목에 걸고 있느니

쇠똥 속에 홍옥수 붉은 태양이

항상 반쯤 떠오르고 있네, 항상!

샘물을 기리는 노래

어린 시절
뒷산 기슭에서
소리없이 솟아나던 샘물은
지금도 기억 속에서,
내 동공 속에서,
솟아나고 있어요.
그때와 똑같이
작은 용룡 모양으로
솟아나고 있어요.
지상의 모든 숨어 있는 샘들을
계시한
그 신비의 샘은
맑은 마음을 샘솟게 하는
신비.
어린시절 뒷산 기슭에서
소리 없이 솟아나던 샘물,
내 마음에 샘솟는,
또 마음이 샘솟는 천천!

샘을 기리는 노래

어린 시절
뒷산 기슭에서
소리 없이 솟아나던 샘물은
지금도 기억 속에서,
내 동공 속에서,
솟아나고 있어요.
그때와 똑같이
작은 궁륭 모양으로
솟아나고 있어요.
지상의 모든 숨어 있는 샘들을
계시한
그 신비의 샘은
또한 마음을 샘솟게 하는
신비.
어린 시절 뒷산 기슭에서
소리 없이 솟아나던 샘물,
내 마음에 샘솟는,
오 마음이 샘솟는 원천!

여행의 마약

여행을 가면
가는 곳마다 거기서
나는 사라졌느니,
얼마나 많은 나는
여행지에서 사라졌느냐.
거기
풍경의 마약
집들과 골목의 마약
다른 하늘의 마약,
그 낯선 시간과 공간
그 모든 처음의 마약에 취해
나는 사라졌느냐.
얼마나 많은 나는
그 첫사랑 속으로
사라졌느냐.

이게 무슨 시간입니까

이게 무슨 시간입니까.
까막 피어나려고 하는
꽃송이.
그 뒤에 앉아 있는 지금,
통기들에 열이 가득합니다.
까막 피어나려는 시간의
열.

꽃송이 한가운데,
이게 무슨 시간입니까.

이게 무슨 시간입니까

이게 무슨 시간입니까.
마악 피어나려고 하는
꽃송이,
그 위에 앉아 있는 지금,
공기 중에 열이 가득합니다,
마악 피어나려는 시간의
열,
꽃송이 한가운데,
이게 무슨 시간입니까.

PABLO NERUDA ART OF BIRDS

NERUDA
SELECTED ODES of PABLO NERUDA
CALIFORNIA

Robert Bly NERUDA and VALLEJO Selected Poems

CALIFORNIA
NERUDA CANTO GENERAL

Pablo Neruda
FARRAR STRAUS GIROUX
ISLA NEGRA

PABLO NERUDA 100 LOVE SONNETS
Texas

Pablo Neruda MEMOIRS
ISBN 0 14
00.466 5

시인과 대부다. 연필과 붓, 깃털 달린 펜, 시계, 그리고 시 초고가 있는 책상 풍경

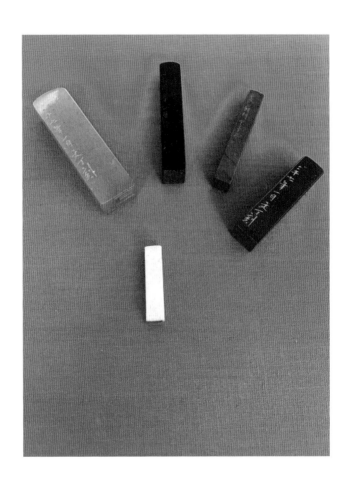

두터운 삶을
향하여

정현종 산문집

문학과지성사

등단 50주년 기념 정현종 산문집 『두터운 삶을 향하여』(문학과지성사, 2015)

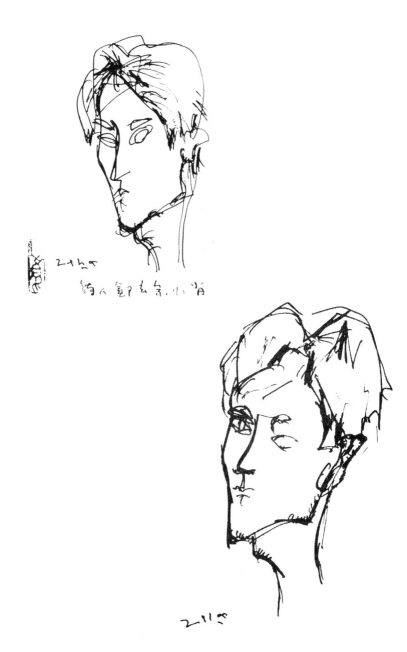

시집 『한 꽃송이』(문학과지성사, 1992) 표지에 실린 정현종 시인의 캐리커처(이제하 그림)

시집 『세상의 나무들』, 『갈증이며 샘물인』, 『견딜 수 없네』, 『광휘의 속삭임』(문학과지성사, 1995, 1999, 2013, 2008) 표지에 실린 정현종 시인의 캐리커처(이제하 그림)

시집 『그림자에 불타다』(문학과지성사, 2015) 표지에 실린 정현종 시인의 캐리커처(이제하 그림)

시인이 애용하는 만년필로 글을 쓰고 있는 모습

내 친구 정현종
—도취와 능청

김화영 (번역가, 산문작가, 고려대 불문과 명예교수)

　정현종에 대하여 나는 정색하고 할 말이 별로 없다. 그와 나 사이에 있었던 에피소드들을 이것저것 늘어놓는 것은 어쩐지 부질없어 보이고 심지어 좀 외설스럽다는 생각까지 든다. 1960년대의 어느 날 『사계(四季)』 동인으로 20대에 처음 만난 정현종은 그날 이후 긴 말 할 것 없는 내 일생의 친구다. 그냥 쳐다보며 웃든가 그저 옆에, 혹은 저만치, 걸어가는 모습을 느끼거나 보고 있으면 된다. 다행하게도, 당연하게도, 그리고 무엇보다도, 그의 시가 있다. 그의 시는 그가 쓴 것이지만 어쩌면 나의 시 같다. 내가 썼다는 것이 아니라, 내가 쓸 것을 그가 대신 썼다는 것이 아니라, 여기 내 옆에 늘 한 그루 서늘하고 신기한 나무가 그냥 그렇게 바람을 받고 있어서, 나는 한결같이 그 나무 그늘 밑으로 지나다니고 쳐다보고 쓰다듬어보고 심호흡을 해보는 기분이기 때문이다.

　내가 좀 안다고 생각되는 것은 정현종 그 자신보다는 그의 일관된 '지향성,' 다시 말해서 그의 시, 혹은 그 시의 걸음걸이, 혹은 숨결이다. 그 양쪽이 크게 다르지 않다. 정현종은 시 속에서 비로소

나의 친구다. 시가 없는 정현종은 생각하기 어렵다. 시가 없는 정현종은 사귀어본 적이 없어서 난 모른다. 그만큼 그는 자신의 시를 살고 있고 그의 삶이 시이다. 흔히 생각하는 그런 '시적인' 시가 아니라 정현종의 시, 정현종의 삶, 그 자신의 어조를 흉내내자면 삶인 시, 시인 삶 말이다. 나는 그와 마주 앉아 있을 때 항상 그의 시 속에 편안하게 들어앉아 있다는 생각이 든다. 그렇다고 무슨 특별한 삶이란 것이 아니라 그저 바람이 불고 해가 떠 있거나 흐려 있거나 배가 고프거나 배가 안 고프거나 그런 삶 속의 시 속에 신기해하면서 들어앉아 있는 것이다.

아니면 그저 "숨쉬는 법을 가르치는/술잔 앞에서" 우리는 마주 앉아 덤덤히 웃는다. 그 웃음이 일종의 음모라는 것을 우리는 서로 안다. 그리하여 우리는 "도모"하기 시작한다. 그를 건너다보면 그의 시 속에 자주 열리고 닫히는 괄호처럼 마음속에는 눈에 보이지 않는 괄호가 하나 쓰윽 열리면서 한 장의 백지가 펼쳐지는 것을 나는 안다. 그는 괄호를 열어놓고서 능청스럽게 웃는다. 그러면 나는 그 괄호 속을 슬슬 거닐거나 쓴다. 암호를 쓴다. 그가 알아듣는다. 그리고 그가 괄호를 넉넉하게 닫는 것이 보인다.

전에는 좀더 과격할 때도 있었다. "땅콩이 입 안에서 폭발한다.

156

오이와 당근 대구포도 폭발한다. 입 안에 감금된 폭발." "술자리와
변소를 오갈 수 있는 자유의 기쁨"을 누리던 우리의 70년대에는 그
랬다.

"가을이구나! 빌어먹을 가을." 차릴 것도 없는데 찬란하기만 한
가을이 돌연 진주하여 우리의 일상을 접수하면 정현종이 이런 감탄
사를 발하고 있을 것이다. 일없이 마음이 들뜬다. 전화를 건다.

"여보십니까?" 하고 운을 떼면 즉시 대답이 온다.

"예, 누구십시오."

우리는 늘 이런 식이다. 명령법이니 명령대로 즉시 '누구'가 된다.
별다른 용건이 있을 리 없다. 어디로 가야 할지도 모른다. 그냥 세
상의 빛 속으로 간다. "갈 데 없이 아름다워서." 세상에 태어나 있으
려니까 가을이 투명해서, 어쩔 수 없이 나아간다.

어찌 가을뿐인가. 이 자전한다는 지구에는 "생명의 저 맹목성을
적시며" 찾아오는 봄이 또한 있다. 한 번만이 아니고 잠시 딴전 치
다 보면 봄은 또 오고 또 온다. "숨막히게 피는 꽃들아 새싹들아/너
희 폭력 아래서는 가령/무슨 일을 해도 괜찮다!"는 것을 정현종은

알고 있다. 그래서 우리는 그런 세상의 잔칫날이면 은근히 "무슨 일을" 해도 괜찮다는 허락을 받은 것 같아서 그 "무슨" 심상잖은 짓을 하고 싶은 것이다.

만나면 우리는 충분히 유머러스하다. 춤을 추고 싶으니까: "아주머니 보따리 속에 들어 있는 파가 보따리 속에서 쑥쑥 자라고 있다"는 것을 간파한다. "내가 잃어버린 구름이/하늘에 떠 있구나".

정현종은 꾸밈을 싫어한다. 자연(自然). 어원 그대로 자연. 그냥 그렇게 있음을 살고자 한다. 흥분하지 않고 과장하지 않고 숨 쉬듯이. 그는 무엇이건 억지로 하는 것을 좋아하지 않는다. 자연스럽게. 자발적으로. 자연 발생적으로. 그는 "생의 자발성"을 믿는다. "군살로 생 살을 누르지는 말어" 하고 말한다. 생살만이 자발적이다.

나무들은 "생각 없이 푸르고/생각 없이 자란다"─"꽃들도 그냥 피어나고" 그래서 그는 자연 발생의 한 원형인 잠념을 좋아한다. 시란 바로 순진하고 부끄러움 없는 잠념 아니던가! "그다지 스스로 있는 걸 어찌/좋다 하지 않으리요. 잠념의 볼기짝이여." 그래서 "결심하지 않아도 오는 잠"도 좋아한다. 게으름도 자연 발생적이어서 정현종의 애완 대상이다. "나는 저절로 게으를 것 같다." 꽃은 환하게 게을러서 아름답다. "그냥 거기 피어 있는/환하고 맑은 잔잔함" 말이다. 정현종은 김현을 추억하는 시 「겨울산」을 "여기까지 쓰고 미완으로 놔두기로 함"으로 끝낸다. 다시 말해서, 억지로 끝내지 않는다. 어디 삶의 끝이 결심하고 오더냐.

그는 꾸밈이 없다. 혹은 꾸미더라도 꾸미지 않은 것처럼 꾸민다. 그는 넥타이를 잘 매지 않는다. 어쩌다가 매도 금방 풀려고 맨 것처럼 맨다. 넥타이를 매서 미안하다는 듯이 맨다. 그러나 그렇다고 허술하지는 않다. 그의 시처럼 자연스럽되 있을 것이 제자리에 있다. 약간 삐딱하게, 약간 풀어진 대로. 그의 머리는 일찍 로맨스 그레이로 되어 있지만 물을 들이는 법 없고 싹뚝 자르는 법도 없다. 약간 자발적으로 자라도록 두어서 설렁댄다.

그러나 그가 참으로 좋아하는 것은 무엇보다도 맨몸, 헐벗음이다. "스스로 (……) 헐벗었다.// 그리하여 한 사람의 알몸이 빛났다"—석가모니를 두고 하는 말이다. 그는 열쇠로 "우리의 본연의 헐벗음, 시간의 나체를 열고" 싶어 한다. 그러나 어디 빛나는 것이 석가모니의 알몸뿐이랴. 그가 열고 싶은 것이 어디 시간의 나체뿐이랴. "전진과 사랑의 두 날개를 단/생명의 여린 살이여." 오오 사랑할 시간이 많지 않다. 알몸은 군더더기를 버리고 남은 생살이다. 그래서 정현종은 가끔 자기를 버리지 못하고 있어서 미안하다는 표정이 된

다. "어디 우산 놓고 오듯/어디 나를 놓고 오지도 못하고/이 고생이
구나.//나를 떠나면/두루 하늘이고/사랑이고/자유인 것을."

　그는 흔히 춤추듯이 걷는다. 멋있게 하려고 그러는 것이 아니라
흥에 겨워서, 살아 있다는 흥에 겨워서 춤추듯이 걷곤 한다. 살아
있는 것은 물론 사람뿐이 아니다. 모든 생명은 춤춘다. "발바닥에
기막히게 오는 그 탄력이 실은/수십억 마리 미생물이 밀어올리는/
바로 그 힘이었다는 걸!" 아는 그는 "발바닥에 기막히게 오는 흙의
탄력에 취해" 춤추듯이 걷는다. 그러나 "춤의 형식이 따로 없다며
걸어가는" 그의 발걸음은 그리 빠르지 않다. 그저 가벼울 뿐이다.
바람처럼. 광풍이 아니라 남풍처럼 느리게, 그러다가 조금 빠르게,
많이는 아니고 아주 조금 빠르게 춤추듯이 걷는다. 약간 옆으로 기
울어지듯, 더러는 뒤로 넘어가듯 그렇게 가볍게 걷는다. 그러나 갈
데가 없이 걷는다. 시치미 떼고 세상과 눈 맞추거나 먼산바라기하며
느리게 걷는다. 이런 것이 사는 즐거움이란 듯이.

　느릿느릿한 그 걸음걸이의 해학이 바로 그 특유의 능청스러움이
다. 여기서 중요한 것은 느림의 지혜다. 이것은 정현종의 호흡과 잘
맞아떨어진다. 느림은 어법에도 나타난다. "모오든" "우주에 넘치이
느니" "오늘 기운을 좀 차리이느니" ―이런 식이다. 가령 시 「한 꽃

송이'는 느릿느릿한 능청의 절정이다: 그는 예쁜 여자 다리를 보고 나서 골똘히 그 다리를 생각하며 걷는다. 시인에게 동료가 "시상(詩 想)에 잠기셔서 (……)"라고 해도 그는 능청스럽게 "하, 쪽집게로구 나!" 하고 감탄한다. 그는 동료의 스테레오 타입형 짐작을 빙긋이 웃을 뿐 빈정대지 않는다. 그는 정말 예쁜 다리로부터 꽃으로 슬그 머니 에둘러가며 시의 길을 튼다. 과연 그의 시상은 바로 그 예쁜 다리. 살아 있는 생명, "생살"이 만드는 "한 꽃송이"의 예감으로 깨 어난다. 예쁜 여자와 꽃이 시인과 동료의 "근육질 확신"을 녹여서 피어나게 한다. 시의 진실은 이렇게 구원이 된다.

그러나 정현종의 '느림'이 답답할 만큼 느린 것은 아니다. 그것은 삶을 음미하는 데 필요한 여유일 뿐이다. "나 바람 나/길 떠나/바람 이요 나뭇잎이요 일렁이는 것들 속을/가네, 설렁설렁/설렁설렁" 정 도다.

정현종은 넉넉하여 바람이 잘 통하니 복잡할 것이 없다. 단순하 다. 투명하다. 그래서 그의 많은 시들이 짧고 여백이 많아 바람이 잘 통한다. 너무 시원해서 가끔 하늘처럼 비어 있고 그래서 잘 울린 다. 그러나 바람이 잘 통하니 신바람이 난다. 신바람은 바람 중에 서도 "세상에서 가장 환한" 바람. 그래서 그 바람은 "꽉 차고 텅 비어" 있다.

그러나 20세기 후반부를 살아온 정현종에게 항상 여유와 투명함과 빛나는 자연의 생살만 있을 리 만무하다. 특히 우리가 너무 젊어서 피가 뜨거웠던 시절인 70년대 말기의 억압을 그는 가장 지겨워했던 것 같다. "머리는 솜으로 가득 차 있고/게다가 누가 물을 붓는다." 솜에 붓는 물, 이보다 더 숨통이 막히는 법이 있는가? 그는 구차한 것, 무리한 것, 그악스러운 것을 달가워하지 않는다. 가령 도시 뒷산의 도토리마저 다 털어가는 인간들은 그의 드문 분노를 자아낸다. "사람들은 먹을 게 많지 않느냐. 하다 못해 라면이라도 있지 않느냐. 다람쥐는 먹을 게 도토리밖에 없지 않느냐." 그래서 그는 그악한 사람들이 많은 곳, 번잡한 곳을 그리 달가워하지 않는다. 그런 무리들은 모기들과 동류다. 모기는 "피를 빨아야겠다라면서 유리에 육박하다 날아간다/모기야 네 동료/인간 세상으로 날아가느냐." 자신이 시인이고 교수이지만 정현종은 유식한 사람들을 그리 좋아하지 않는다. 오직 자연스러움만이 먹물을 구원한다. "손에 뭘 들고 있느냐에 따라 사람이 달라 보이는데 가령 호박 같은 걸 들고 다니기를 나는 제안합니다 (……) 그때 처음으로 지식인이 내 눈에 이뻐 보였습니다."

늘 자연스러움과 생명의 편이라 어두운 '물귀신'들을 피하는 편이지만 그가 매우 치열하게 전투적일 때도 없지 않다. 그러나 그 전투성은 단순한 부정이 아니라 매우 신명나는 긍정에 바탕을 둔 공격성이다. 이건 다른 말로 바꾸면 신명남이다. 그는 신명나게 '요격'한다. "두루미를 쏘아 올립니다 모든 미사일에, 기러기를 쏘아 올립니다 모든 폭탄에 (……) 하여간 새들을 발사합니다 그 모오든 사신들한테" 이것은 전쟁이 아니라 축제다. 단순한 부정이 아니라 긍정에 의한 가치의 돌연변이다. 그것은 또한 아름다움의 요새화이다. "저절로 아끼고 싶은/아름다움으로 요새화하는 수밖에/다른 길이 없어요."

막무가내의 자유에 대한 그의 열정은 더러 이판사판의 철학을 낳는다. 때로 정치적인 차원보다 더 근본적인 아나키스트가 된다. 그래서 그는 제주도에게 "국가 아닌 데"로 멀리멀리 가라고 충고한다. 그리하여 그는 "무정부적인 감각들의 절묘한 균형"으로 집 전체가 그냥 한 송이의 꽃인 그러한 곳을 꿈꾼다.

그는 항상 자유롭고 투명하고 몸 가벼워 보인다. 그러나 사실 그것은 대개 그의 지향점에 불과하다. "가고 오고가 다/하늘처럼 벌판처럼/기이 없이 (……)" 축제의 시작에는 그 피할 수 없는 끝이 예고

163

되어 있다. 그래서 그의 투명함에는 기이한 슬픔, 혹은 적막감이 서려 있다. "가을 저 맑은 날과/숨을 섞어/가없이 투명하여/퍼지고 퍼져/천리만리 퍼져나가는/이 쓸쓸함은 무엇인가." 그는 가장 아름답고 슬플 때는 우주적인 투명함에 말을 실어버릴 때이다. "산골짜기/물소리/말이 가뭇없다/물소리/아주 흘러가버린 내 혓바닥." 그의 자연 회귀에 근원적 쓸쓸함이 묻어 있다. "어느 날 네가/북한산 계곡에서 잃어버린 시계,/시간을 청산에 묻었으니/마음은 문득 푸른 하늘이었는데." 이 쓸쓸함을 넘어서면 어디일까?

나는 정현종의 모든 시편들 가운데서 「갈대꽃」을 가장 드높은 경지로 친다. 그래서 여기서 다시 한번 읽어보나니.

산 아래 시골길을 걸었지

논물을 대는 개울을 따라.

이 가을빛을 건디느라고

한숨이 나와도 허파는 팽팽한데

저기 갈대꽃이 너무 환해서

끌려가 들어가본다, 햐!

세상에서 제일 환하고 투명하고

마음들이 잘 비치는 것이라면……

그 갈대꽃이 마악 어디론지

떠나고 있었다

기구 모양을 하고,

허공으로 흩어져 어디론지

비인간적으로 반짝이며,

너무 환해서 투명해서 쓸쓸할 것도 없이

그냥 가을의 속알인 갈대꽃들의

미친 빛을 지상에 남겨두고.

이 "쓸쓸할 것도 없는" 경지는 사실 "비인간적으로 반짝이는" 위험천만한 한계점이다. 그러나 초월적 지향, 그 울타리 앞에서 발을 멈추어 이태백처럼 국화꽃을 들고 남산을 바라보는 시인이 정현종이다. "살아 있는 한 저는/깨닫지 않겠다구요. 합장." 그는 다시 우리들 옆으로 돌아온다. 그는 "행여나 정신주의란 말 뒤로/몸을 숨길

까봐 걱정이고/정작 시의 살과 피가 그 구멍으로 새버릴까봐 걱정"
이기 때문이다.

　　1974년 이른 봄, 프랑스에서 고생 끝에 박사학위 논문을 다 썼다
고 편지를 보냈더니 그 머나먼(지금보다 훨씬 더 멀었던) 한국에서 정
현종으로부터 남불의 엑상프로방스로 축하 소포가 날아왔다. 뼈덕
뼈덕 마른 굴비 두 마리가 지구를 한 바퀴 돌아 날아왔다. 죽어 뼈
덕뼈덕 말라서야 날아다니는 물고기. 그 지독한 우정 굴비의 냄새
가 내 청춘을 뒤흔들었다. 그때 이후 정현종이 발표한 시집들을 차
례로 펼쳐놓고 있으면 가끔 우리들이 함께 마음속에 찍은 스냅 사
진들이 어른거린다. 그 사진 몇 장을 여기에 꺼내놓아본다.

　　1) 1974년 여름에 귀국한 나는 곧 정현종과 그의 안방 "이유미 보
살님"과 구례 땅으로 여행을 갔다. 화엄사, 지리산 계곡, 그리고 남
원 장터…… 이런 곳을 떠돌았다. "여러 해 전에 구례에서 남원 가
는 기차에서 들은 기적 소리. 공중 어디에인지 영구 녹음되어 아직
도 울리고 있는 소리." 그 목쉰 기적 소리는 그리하여 내 귀에도 가

경북 문경에서
김화영과 정현종(1984)

슴 뭉클하게 잘 녹음되어 있다. 그런 기적 소리는 정현종의 시집 밖
에서는 다시 들을 수 없게 되었다.

2) 소년 시절 방학 때면 서울과 고향을 오르내리며 눈맞추었던 도
담삼봉, 단양, 그리고 그 팔경이 수몰된다기에 물속으로 잠기기 전
마지막 풍경을 마음속에 찍어두자고 나는 정현종을 꼬드겼다. 중인
암 계곡에 광풍이 불던 그날 머리가 허리까지 치렁치렁한 처녀 운전
자를 뒤에 남겨두고 우리는 고개를 넘어 수안보로 가서 일박했다.
그는 내가 밤새 자기를 "향하여 코를 골았다고" 투덜댔다. 그래도
잠꼬대가 아니었으니 망정이지, "너무 깊고/너무 슬프고/그리고 무
섭다"는 잠꼬대가 아니었으니 망정이지. 이튿날 우리는 천천히 걸어
서 새재를 넘었다. "여러 해 전 새재 골짜기에서/구워먹은 구름 생
각도 했습니다./그때 골짜기에서/돌 위에 고기를 구우면서/내가 창
자를 다해 구워먹은 건 실은/피가 되고 살이 되는/구름이었습니다."
그때 우리가 제1관문 너머 그 골짜기에서 구워먹은 구름은 나중에
다시 가도 그냥 거기 있었다.

3) 한때 나는 경상도 문경 땅 비구니 암자 '윤필암'에 종종 가곤
했다. 한번은 정현종과 동행했다. 그리하여 나는 미국의 어바인으
로 "윤필암에서 먹은 화전 얘기를 써보낸 친구"가 되었다. "답장으

167

로 피어난 화전(花煎)"은 암자의 비구니 스님들이 삼월달 이른 진달 래를 따다가 수놓아 붙여준 순정한 음식이었다. 그날 밤중에 우리 가 암자 너머 사불산(四佛山)을 올라 "우주를 한 마당 노래방으로 만드는" 일에 열중하고 있을 때 발 아래 수놓인 마을 불빛들과 보름 달도 우리들의 노래를 한몫 거들었다.

4) 나는 정현종의 아내 '보살 이유미'님의 부엌, 아니 "이타(利他) 의 샘"에 심심치 않게 출몰하곤 했다. 그리하여 "밥에 관한 한은/네 식구 내 식구가 없다. 내 집 남의 집이 없다"는 그의 집 밥상머리에 앉아 그네들의 "신앙의 큰 원천, 걸신"이 되곤 했다. 나만 그렇게 지 극정성으로 섬기는 줄 알았는데, 모든 친구를 다 "네 식구 내 식구 없이" 섬긴다는 것을 알고 실망했을 법도 한데 오히려 그 반대이니 걸신 되는 재미가 과연 신선놀음이다. 거동이 좀 불편해지신 "보살 님"이 어서 쾌유하셔야 그 "이타의 샘"을 찾아갈 터인데.

5) 어느 날 내 고향인 경상북도 영주군 부석면 도탄(桃灘)에 함께 갔었다. 고향 마을 이름이 복숭아 도(桃) 물결 탄(灘), 도탄이라고 했더니 시인은 금방 반했다. 그러나 정작 복숭아꽃은 별로 없고 누 런 배꽃만 멀리 피어 있었다. "복사꽃 물결 보러/도탄에 갔을 때,/중 학생이라는/친구 조카아이—/서울 삼촌이 뭘 물어봐도/끝내 /아무

168

말이 없다.//(……) 말이란 도시의 신경증이고/문명의 질병이다/시골 아이야/(……)네 말없음은 두텁고 신실하고/무한 자연에 이어져 있다./무슨 말이 필요하랴." 말없는 나의 조카는 말없는 덕분에 시집 속으로 곧장 들어와 앉아 또 말이 없다.

6) 작년인가 재작년인가. 훤한 달밤, 늦은 시간에 취하여 귀가하다. 아파트 입구에 목련이 반쯤 벙글어 있었다. 주변을 돌아보니 아무도 없었다. "한 사내가 이 또한 실신한 손/그 손의 가운뎃손가락을/반쯤 벙근 목련 속으로 슬그머니 넣었습니다/아무도 없었으나 달빛이 스스로 눈부셨습니다" 시인을 친구로 둔 탓에 "한 사내"는 그만 영원한 현장범으로 화들짝 들키고 있는 중이다. 사라진 시간의 취기가 되돌아오려 한다. 도취한 시간들이 시집 속에 가득하다.

시인의 사물이 있는
정현종 시선집 출전

『고통의 축제』, 정현종, 민음사, 1974

전면피한 물질

『나는 별아저씨』, 정현종, 문학과지성사, 1978

불쌍하도다

『떨어져도 튀는 공처럼』, 정현종, 문학과지성사, 1984

초록 기쁨
달도 돌리고 해도 돌리시는 사랑이
느낌표

『한 꽃송이』, 정현종, 문학과지성사, 1992

길의 神秘
갈 대 꽃
황금 醉氣 I
환합니다
청천벽력
구 름
나무 껍질을 기리는 노래

『세상의 나무들』, 정현종, 문학과지성사, 1995

스며라 그림자
밤하늘에 반짝이는 내 피여
그 꽃다발

『사랑할 시간이 많지 않다』, 정현종, 세계사, 1998

商品은 物神이며 아편
○
자기기만
태양에서 뛰어내렸습니다
천둥을 기리는 노래
자(尺)

『갈증이며 샘물인』, 정현종, 문학과지성사, 1999

가짜 아니면 죽음을!
아무도 말해주지 않는 인생

『견딜 수 없네』, 정현종, 문학과지성사, 2013

비스듬히
이런 투명 속에서는

『그림자에 불타다』, 정현종, 문학과지성사, 2015

보석의 꿈 2
샘을 기리는 노래
여행의 마야
이게 무슨 시간입니까